사랑하며 살아가기

사랑하며 살아가기

김진혁 지음

좋은땅

김진혁

서울사대부고, 한국외대, 연세대 행정대학원 졸업한 행정학 박사
前 기업은행, 쌍용투자증권, cl투자자문, 솔로몬에셋, 금강랜드 대표 現
시인, 경영지도사, 사회복지사, 한국취업컨설턴트협회 공동 대표, 한국
기독교직장선교연합회 감사. 2015년 문학신문 수필 부문 '올해의 문학
상' 수상, 2016년 (사)새한국문학회 시 부문 '신인문학상', 2024년 문화
고을 '신인문학상'을 받음. 2024년 '제3회 귀츨라프 글로벌 한글 백일장'
대상 수상.
저서로 《골프시크릿》, 《기회》, 《화폐 인문학》, 《돈 되는 진짜 공부》,
《크리스천이 죽기 전에 꼭 해야 할 66, 77, 88가지》, 《행복한 부자로 만
드는 황금열쇠》, 《당신의 인생에도 꽃은 핍니다》 등 다수.

삶은 100미터 경주가 아닌 아마추어 마라톤이다. 경쟁자는 오직 나 자신뿐으로 목표는 누군가를 추월하기보다는 아름답게 완주하고 싶다. 뜻대로 행해도 어긋나지 않는다는 옛말, 고희古稀의 흔적을 모았다. 쇼펜하우어는 "인생이란 욕망과 권태 사이를 오가는 시계추와 같다."처럼 무력감과 나태함에 빠지지 않기 위한 버킷리스트 중 하나이다. 시는 삶의 의미와 용기를 되찾아 주는 스승과 같다. 인생을 모방하고 자연을 비추는 거울이기 때문이다. 잊힌 열정과 풋풋한 추억을 되새기는 친구가 되어 마음을 추스르고 영혼을 찾게 한다. 시는 미래의 동반자로서 혼탁한 세상과 초라한 자신의 실루엣에 벗어나는 성찰하게 한다. 시를 읽고 쓴다는 자체만으로도 삶의 품위를 느끼며 영혼의 안식처가 된다.

인생은 신의 선물로 고난의 포장지로 쌓여 있어, 삶의 고통을 피하기보다는 살아내야 한다. 사소하지만 울림이 있는 자작시를 통해 하늘만큼 땅만큼 사랑하며, 소박한 행복을 찾고 싶었다. 나에게 벌어진 모든 일이 축복이었다. 지금까지 동고동락한 아내와 자식, 손주들에게 감사를 표한다. 이생을 마감하는 그날까지 이성과 양심을 지키며 짐이 되지

사랑하며 살아가기

않는 그런 어른이 되고 싶다. 녹슬어 없어지기보다 닳아 없어지는 삶,
만날 때는 인연이었지만, 헤어질 때는 감동을 남기는 삶. 내 삶 전체의
숨결과 미소조차 감사하고 행복했노라 고백하면서….

2025년 2월 幸泉 김진혁

목차

3부 감사

4부 위로

'내일 죽을 것처럼 살며 영원히 배워라.'

세상에 공짜는 없다

아는 것과 살아가는 것은 다르며

행복과 불행은 내가 만든 작품

눈물과 웃음이 섞인 자신을 사랑하며

오래 살기를 바라기보다 잘 살길 기도한다

실패와 도전

해는 산에 기대고 세월은 바람 되어
갈 길을 잃은 두려움에 기죽지 않고
거룩하고 아름다운 도전의 힘을 믿는다

곧게 자란 소나무보다
굽은 소나무가 더 정겹고 멋지다
못생긴 나무가 선산을 지킨다

똑바로 흐르는 냇물보다
굽어 흘러가는 실개천이 더 멋지다
실개천이 모여 큰 강을 이룬다

일직선 탄탄대로의 성공보다
지치고 낙심되어도 끝까지 버틴 길이 아름답다
도전은 실패의 어머니다

사랑하며 살아가기

나이 듦

아빠, 왜 이리 꾸물거려요
여보, 길에서 뛰지 마세요
할아버지, 이것도 몰라요
인생은 속도가 아닌 방향이다
의미 없이 태어난 사람이 없듯이
이유 없이 부는 바람 우연히 핀 꽃도 없다

시간은 강물이 흐르듯이 사라지고
주름진 얼굴엔 이야기들이 담긴 채
뜨겁던 열정도 차가운 바람에 실려
속도는 줄어가지만 깊이는 더해간다
이제야 비로소 안다
나이 듦은 잃음이 아니라 쌓여가는 것이다

피아노 건반을 보라
사용하지 않는 것이 있을지라도 모두 소중하며
어느 건반 하나라도 없다면
온전한 피아노라 할 수 있을까?

허둥지둥

때때로 고통과 시련의 아픔이 다가오는 이유는
진지하게 살라는 경고입니다
힘든 일로 낙담하고 힘든 이유는
겸손해지라는 충고입니다

일이 잘 풀리지 않아 눈물로 지새우는 이유는
낮아지라는 삶의 권유입니다
아픈 만큼 성숙하고, 힘든 만큼 지혜로워져서
만남의 소중함으로 모두를 사랑하라는 명령입니다

지나가면 결코 잡을 수 없는 시간의 소중함에서
배려와 기쁨 공감의 하루하루를 값있게 보내야 합니다
실망과 좌절이 엄습하는 이유는
거만해지지 말라는 시련의 아픈 교훈입니다

비바람이 몰아치고, 인생에 흠집이 나는 이유는
꿈은 크고 높게 가지라는 겸손의 충고이며
아픈 만큼 곱게 다듬어지고 힘든 만큼 지혜가 솟습니다

사랑하며 살아가기

인생을 배우다

연습 없이 태어나 바람처럼 사라지는 인생
뭉쳐진 물방울이 어느새 햇빛에 사라지듯이
우리 삶도 하늘로 산화되는 시한부 인생

하늘을 나는 새, 길가의 핀 들꽃 하나
의미 없이 태어나지 않은 고귀한 생명
부족함 채우고 그저 사랑해야 할 존재입니다

나무의 결을 알아야 좋은 목수가 되고
물고기 마음을 읽을 때 훌륭한 어부가 된다
따뜻한 배려와 감사의 온기가 전해져야 합니다

삶을 회피하거나, 악을 써도 나아지지 않고
감사와 함께 즐기는 진짜 삶이 되고
겉모습은 빈 잔, 성찰이 진실로 드러냅니다

꼭 쥐고 있어야 내 것이 되는 인연이 아니며
멀리 떨어져 있어도 같은 마음을 지니고
외로움이 아닌 그리움을 채워주는 사람이 됩시다

삶의 무기

삶에 정답은 없지만
좋은 삶은 더불어 행복을 찾지만
나쁜 삶은 혼자 잘 살겠다는 탐욕의 담이다

불안하고 흔들리는 삶이지만
제 한 몸을 불태워 어두움을 밝히며
도도히 흐르는 강물의 진리를 깨닫는다

삶의 무기는 단순한 도구가 아니며
각자 만든 선택과 꿈의 흔적이기에
상처가 아닌 방패로 삼는다

아는 것만으로는 부족하고
생각의 노예에서 벗어나 당연함을 부인하고
삶의 무기, 감사의 보따리를 푼다

살다 보면

예전엔 몰랐지만, 시간이 지날수록 내 삶이
아름답다는 것을 알게 됩니다
사노라니
힘들고 마음의 상처가 그늘이 되어도
시간이 지날수록 이해하고 용서하게 됩니다

예전엔 몰랐지만, 세월이 강물처럼 흐르고 나서
덧없다는 것을 피부로 느낍니다
살다 보면 당연하다고 느낀 것들도 감사로 화답 되어
시간이 지날수록 겸손하고 감사하게 됩니다

예전에는 몰랐지만, 세상은 공평하며
가시밭길 많아도 그때마다 내 삶의 길섶에서
살아가면 따뜻하게 손잡아 주는 이들이 있기에
시간이 더해가면서 당신이 생각납니다

구름 뒤에는 빛이 존재하며
나는 당신의 꽃입니다

인생 황금률

날씬한 몸매를 갖고 싶다면 너의 음식을 배고픈 사람에게 나누어라
사랑받고 싶다면 '때문'이란 불평 대신에 '그런데도' 말을 사용하라
내가 대접받고 싶다면 대접받고 싶은 대로 먼저 남을 대접하라

시간을 헛되이 보내고 싶지 않다면 신에게 의지하라
성공하고 싶다면 인생을 경영하기 전에 시간을 먼저 지배하라
하루는 24시간, 시간의 역학을 벗어난 사람은 없다

올바른 인생 관리란 무엇부터 할지 정하는 우선순위 정하는 것
나 자신을 먼저 챙기고 범사에 감사하는 것이 황금률
인생은 자신이 생각한 대로 이루어지는 것을 믿어라

불평의 생각은 부정적인 결과를, 긍정의 신념은 긍정적인 결과를 낳고
상대방을 이기려 하지 말고 원하는 것을 먼저 주어라
당신의 가치관이 직장과 당신의 운명을 가른다

네 일이 아니면 나서지 마라
누군가의 하루를 기분 좋게 하는 말을 하라
내가 나를 모르는데 어찌 남이 이렇다 저렇다 판단할 수 있을까

사랑하며 살아가기

생각의 허상에서 벗어나 가까이 있는 사람부터 감동시켜라

세상을 파악하는 것은 관념이 아니라 실천이다

겸손과 배려의 웃는 자에게 행복이 따라온다

바꿀 수 있는 것은 오직 자신뿐

통제할 수 없는 일이라면 내버려두라

아름다운 것을 찾아 헤매지 말고

기억하라

화목한 가정이 곧 작은 천국이다

시간 관리

시간은 쉬지 않고 달리며
우리는 그 위를 춤추듯 살아간다
삶이란 무대 위, 시간은 균등하게 주어진 선물
그 선물을 어떻게 풀어보느냐에 따라
빛나는 보석이 되어 가슴에 흔적으로 남거나
흘러간 바람이 되기도 한다
작은 계획 하나가 거대한 꿈을 짓는 벽돌이 되고,
내일로 향한 에너지가 되며 시간을 원망하지 마라
그저 내가 어딘가 놓쳐버린 기회일 뿐
지금의 소중함을 껴안으며 맞이하리
한 걸음, 한 걸음 나아가자
하루의 똑똑한 선택들이 엮어낸 멋진 이야기 책

빠듯한 마감 시간이라고 불평하지 말고
어떤 이는 야근하고 누구는 여유 있게 퇴근해도
우선순위로 시간 낭비를 거부하자
시간 관리는 작은 습관 속의 실행 태도와 의지
일을 버텨내지 말고 일하는 시간을 통해 성장하자
의지의 산물, 단 1초도 시간을 허투루 쓰지 않는다

사랑하며 살아가기

존재

당신은 꽃입니다
의미 없이 피는 꽃은 없고, 마지못해 피는 꽃도 없습니다
아무렇게 살아가는 인생이 없기 때문입니다

당신은 바람입니다
우연히 사랑하거나 억지로 살아가는 인생은 없습니다
힘들어도 웃고, 행복해서 웃다 보면 아름다움이 이뤄진다

당신은 균형입니다
지금, 이 순간을 열정으로 무장하며
아등바등 살지 말고 대담한 존재라야 합니다

아무리 괴로워도 한 시간이 60분을 넘지 않고
상처 입은 조개가 진주를 만드는 용기의 전사처럼
사랑할 시간도 부족한데 후회할 시간이 어디 있나요?

지지 않을 생각

생각을 키워 준 아버님의 밑줄 친 말씀
출세할 생각 말고 오직 행복하게 살아라
효도할 생각 말고 너희들이나 잘 살아라

덧없는 회전의자 부러워하지 않는 지혜
공감과 용서하는 것이 오히려 너를 위한 배려
길이 끝나도 인생은 계속 지속되는 것을 잊지 말라

속삭이지 않고 당당히 외치는 용기
한 걸음 더 나아가라, 넘어질지라도, 다시 일어서리
눈물 속의 미소, 어둠을 깨우는 스스로 믿는 마음

험난하고 복잡한 세상에서 이제는 달라지겠습니다
운다고 달라지지 않아도 시간에게 용서를 구하며
과거를 겸허히 받아들이고 미래를 꿈꾸며 행복하리라

사랑하며 살아가기

바보

바보는 거창한 사랑을 못 한대요
두 사람, 세 사람을 사랑하지 못해요
오직 한 사람만 사랑해서 바보라네요

바보는 눈물을 흘리지 못한대요
슬플 때, 기쁠 때 알지 못한대요
그냥 하루하루가 감사해서 웃지요

바보는 생각 없이 살아가는 사람이래요
아픔도 미래도 상관하지 않는대요
그래서 바보는 영원히 사랑할 수밖에

영원히 사랑하고
감사하고 뜨겁게 베푸는 사람
그런 바보를 어디서 찾을까요

그런 바보 어디 있나요
찾거들랑 연락해 주세요
오늘에서 영원히…

선물

과거는 되돌릴 수 없는 쏜 화살
좋았다면 멋진 추억으로 나빴다면 경험으로
아픈 상처라면 회복으로 기분 좋은 기억이면 감사로 보답
죽음을 두려워 말자
숨겨진 삶의 선물이자 새로운 출발점이기에

살랑살랑 꽃신을 신고 오는 여신은
잊혔던 연인의 사랑을 간직하게 하며
두근거린 녹음의 향취는 수줍고 아른한 친구
아우성을 잠재우고 풍요로움을 선사합니다

화려하지 않아도 그 안에 담긴 이야기
고민과 기쁨으로 물든 마음의 한 조각되어
영원한 사랑의 온기가 담겨있습니다
낙엽을 밟고 떨리는 가슴에 피어나는 눈빛
신비한 정취와 놀라운 아름다움의 극치입니다

먼 산 바라보는 어머님 생각에 그림자가 깃들고
다시 만나 입맞춤하는 행복을 기도합니다

사랑하며 살아가기

오늘도 처음처럼

만 리 길에서 기다리는 연인이여
지친 마음 감싸 주고 무조건 만나리
삶의 고단함을 위로해 주신 어머님
감동의 추억과 꺼지지 않는 불꽃이 됩니다

촘촘히 드리워진 사랑이며
언제 다시 만나 반짝이는 미소를 수놓으세요

흐르고 흘러서 만나는 전설이라면
넓고 깨끗한 인연을 소중히 여겨
기쁜 영혼의 눈물이 강 너머 바다까지 이릅니다

사랑도 행복도 늘 처음처럼
살아있는 실패도 죽은 걸작보다 낫습니다

사랑도 행복도 늘 처음처럼

그냥 살지

바람은 왜 부는지 묻지 않는다
강물은 따지지 않는다, 어디로 흐르는지
꽃은 이유 없이 피고
별은 설명 없이 반짝인다
우리는 묻고 따지고 설명하려 한다
왜 여기에 있는지, 무엇을 위해 가는지
그냥 사는 것도 자연의 일부일지 모른다
하루에 몸을 맡기고 시작해보는 것
어쩌면 삶이란, 깊이 고민하지 않아도
스스로 완성되어가는 것
그냥 살자 숨 쉬고, 웃고
슬퍼하고, 다시 일어나고
그렇게, 아무 이유 없이 시간이 빛나게

꿈 없던 사람이 없고 꿈 이룬 사람도 없고
외롭지 않은 사람 없듯이
고독의 쓴 뿌리를 감싸고

나대로 그냥 산다

사랑하며 살아가기

하루

너는 너대로
상처는 누가 준 것도 아니고
스스로 자학의 덫남이다

가는 세월 막는다고 노력해도
헛된 수고, 빠른 속도를 어찌 막을 수 있을까?

인생 후반
모르는 것 아는 척할 필요도 없고
안다고 떠벌릴 일도 아니다

봤다고 따지지 말고 못 본 것 아쉬워 말자
그냥 흘려보내는 여유로움이 그립다

웃어도 하루 슬퍼도 하루 덧없는 세월
가는 것도 오는 것도 아니며
시간 속에 우리가 변하는 것뿐
안 되는 일 무리하게 추진하지 말고
하늘의 뜻에 맡기고 그저 허허 웃어보자

당신 곁으로

나 돌아가리
노을빛 손짓하는 그곳으로
어느 틈에 아버지 나이가 되었네요
무엇이 기쁘게 할 것이 남아있을는지요

돌아가리라
사랑빛 내리쬐는 하나 된 곳으로
꿈꾸고 소망하며 영혼의 그 너머로
함께하리라
당신이 있었기에 내가 있고
내가 있기에 아들도 남아있는 그곳으로
웃으며 행복했노라고 노래 부르리

당신 곁으로
사랑하는 맘으로 더 늦기 전에
당신을 만나 행복합니다

여행

생은 멈출 수 없는 강물
꽃이 피었다가 지듯이
청춘도 세월을 타고 흐르는 여정

끝을 알 수 없는 길 위에
시간과 공간 사이를 실어 떠나는 배
비바람 몰아치는 밤, 햇살이 반짝이는 아침도
익숙한 항구, 낯선 물결 속에서 헤매기도 하네
수많은 얼굴이 스쳐 가고 지나온 풍경이 마음에 남아
가끔은 돌아보며 그리워하네
삶은 신비한 힘이 깃드는 과정
주어진 공간을 하나씩 지나가면서
집착하지 말고 언제든지 떠나야 하는 숙명
속박에서 벗어나서 여전히 즐겁게
우리를 불러서가 아닌
내 마음이 부르는 어느 곳에든지
그치지 않는 여행이기에 인생이 좋다

어제와 작별하고

다시 시작하는 오늘을 시작하며
꿈꾸는 내일의 생의 계단에 오르리
다시 꽃을 피워라

사랑하며 살아가기

시인의 마음

모든 일은 마음에서 나와 행동으로 이어지고
나쁜 마음은 괴로움의 연속이며
좋은 마음은 빛의 사랑스러움이다
집착을 버릴 때 세상의 즐거움이 따라오며
소의 수레바퀴가 소의 발자국을 따르듯이
마음먹은 바대로 그대로 흔적으로 남긴다

시인은 먹어도 먹어도 허기진 배고픔
물드는 가을에 울렁거림을 토하면서
빈 마음을 채워도 비워지는 술잔이다

넘치도록 많은 사연을 종이에 뿌리고
풀잎, 강물 소리 숨소리에 귀를 내어 들으며
할 일 없어 보이는 고독을 옆에 두고 있다

혼란을 평정으로, 답답함을 명정으로 비벼내며
불꽃을 일으키며 시커멓게 탄다
누구나 사랑하는 동안에는 시인이 된다

끝까지

산다는 건 치열한 전투
고통이 지나면 기쁨이 스며들지만
또 다른 두려움이 망보고 있다

살면서 길을 헤매기 십상
길을 잃는다는 것은 다시 길을 알게 되는 것
노여워하거나 후회하지 마라

복잡함에 묶여 단순한 삶을 잃지 말라
겨울이 오면 봄이 멀지 않는다는 것
내일은 내일의 태양이 뜬다

세월은 흐트러진 물과 같다
시시한 일에 시간 낭비하지 말고
순간순간을 후회 없이 잘 살 뿐

소명을 갖는 것에 늦을 때란 없다
도중에 포기하거나 실망하지 말라
최후 성공의 날까지 밀고 나가자

사랑하며 살아가기

천천히 늙어가세

친구들아!
우리 아프지 마세
자주 운동하고 불러 줄 때 만나서 애기 실컷 하고
별 볼 일 없어도 재미있게 지내세

모자라면 채워 주고
좀 넘치면 나눠 주고
힘들면 어깨에 기대게나
서운해도 돌아서거나 외면치 말게나
다 맞는 것도 틀린 것도 없는 게 우리 인생
너무 노여워하지 마세

기약 없는 인생 줄에 얽매여 살지 마세
지금 이 순간 소중히 여기며 사시게
화내고 언성 높일 일 무엇인가?
시간이 다 해결할 것을
젊은이에게 양보하고 꿈을 가지도록 응원하시게
인연과 우정을 돌돌 말아
천천히 그리고 느리게 늙어가세

이리 봐도 한 세상, 저리 봐도 한 세상에
좋은 인연, 좋은 사람으로
한결같은 마음 늘 잊지 말고 사세

사랑하며 살아가기

인간답게 사는 것

어떻게 태어났는지는 모르지만
태어남에는 분명 이유가 있을 것이다
내가 이 세상의 한 사람에 불과하지만
나를 만드신 분의 뜻은 그저 살다가 사라지는 것은 아니다

내가 세상 전부가 될 수 있고
세상이 나를 위해 존재할 수도 있기에
그만큼 나의 존재는 위대하다

웃음과 눈물의 하루를 가슴에 품고
바람과 별 속에서 내가 찾아가는 건
살아있음이 아니라 살아냄이다

욕망의 바다에서 인간다움을 이루기 위해
타인의 눈물에 울 줄 아는 사람
공감, 이성 그리고 자유
욕망을 절제하고 남을 위해 봉사하는 그 모습이 아름답다
우리야말로 한 사람이고 한세상이다

삶이 힘겨워도

마음이 딱하고 세상살이 힘겨워도
그냥 쉬어갑시다
바쁘게 움직인다고 잘되는 것도 아니고

세상에 내 편 아무도 없어도
그냥 인정합시다
하늘 바라보고 크게 숨 한번 쉬어 볼 일

세상사 오해가 난무하고 힘겨워도
그러려니 참읍시다
태산 아래 뫼이듯 다 지나가기에

힘이 부치면 쉬었다 가고
마음이 아프거든 우세요
가슴 옥죄는 형벌보다 나으리니

요행일랑 바라지 말고
이 세상엔 안 아픈 사람 없지요
아픔이 능력으로 변하기도 하지요

사랑하며 살아가기

아픔도 슬픔도 필요한가 봅니다
신이 더 큰 것을 주기 위한 시험이지요
그저 살아있음의 선물이라고 생각합시다

오늘은 당신의 남은 인생 중 첫 번째 날
생명이 있는 날 희망이 있고
고난 없이는 결코 강함도 존재하지 않습니다

힘들거든 우리 그냥 쉬어서 가자
힘든 날에는 하늘을 보고 씨익 웃고
나를 아는 만큼 내가 보입니다

사랑이 답이다

구름은 바람 없이 가지 못하고
인생은 사랑 없이 못 가며
사랑은 인내 없이 커지지 못하고
벼는 물 없이 자라지 못한다
세상은 모두 연결된 삶이다

내가 하기 쉬운 일만 골라서 하고
보람 있는 인생을 산 사람은 없지요
내가 하기 힘든 일에 도전하지 않고
의미 있는 인생을 산 사람은 없습니다

인생의 가치는 더 많은 소유가 아닌 인격입니다
삶의 진정한 목적은 무한한 성장이 아닌 끝없는 성숙입니다
인생의 참된 아름다움은 성공이 아니라 행복입니다

하루하루가 힘들다면 지금 높은 곳으로 오르고 있기 때문입니다
편안하고 쉬운 매일매일이라면 골짜기로 향한 걸음입니다

때로 평지를 만나지만 평지를 오래 걷는 인생은 없습니다

사랑하며 살아가기

포기하지 마세요! 멈추지 마세요!

지금이 동트기 직전입니다
가장 어두운 시간은 언제나 빛을 잉태하는 시간입니다
당신 인생 최고의 시간은 아직 오지 않았습니다
미래는 눈부신 것이어서 다만 안 보일 뿐입니다

삶이 힘겨워도, 눈을 들어 하늘을 보라
구름 너머의 희미하게 빛나는 틈을 찾아내야 합니다
그곳에서 무지개가 깃들고 멈추지 않는 한 걸음 또 한 걸음
온전한 햇살이 내리고 따뜻한 바람이 함께하리니

고난 속에서 피어나는 용기와
그 모든 걸 지켜보는 별처럼
희망은 언제나 우리 곁에 있다

속도가 빠를수록 방향이 중요합니다
높이 오를수록 목적이 중요합니다
깊이 내려갈수록 출구를 찾으세요

좋은 친구

마음 허전하고
봄볕이 살며시 내려앉으면
천사가 달려온다

뜨거운 바람
넋 놓고 낮음을 기다리면
시원한 걱정을 몰아낸다

저녁 강물
같은 벗 하나 있었으면
달빛 되어 다가와 등을 쓰다듬는다

날이 저물고
그림자 안고 찾아오면
벗이 유난히 그리워진다

울리지 않는 악기
텅 빈 마음속의 간절함
노래 한 구절이 그립다

사랑하며 살아가기

너무 빨리 오는 세월

숨 돌릴 겨를도 없이

온몸으로 사랑하리

서로를 더 나은 사람으로 만들고

미래를 선택하는 사람이면서

함께 성장하며 위로하는 동반자입니다

나의 버팀목이 되고

가혹한 운명에도 함께

이겨낼 용기의 친구

조용히 흐르는 강물 같은

나와 조곤조곤 이야기하며

미소와 눈물을 공유하는 그런 친구가 그립습니다

자연의 일부

사람도 자연의 일부라는 것을 누가 몰랐으랴
아무리 사랑하던 사람끼리도
끝까지 함께 갈 순 없다는 것을
진실로 슬픈 것은 그게 아니었지

언젠가 이 손이 낙엽이 되고
산이 된다는 사실이 아니다

그 언젠가가
너무 빨리 온다는 사실이지
미처 숨 돌릴 틈도 없이
온몸으로 사랑할 겨를도 없이

잠시 잊었던 친구가
홀연 찾아와 어깨를 툭 치지 않을까?

자연은 아름다운 꿈이 되어
끊임없는 성장의 희망과
미래의 약속을 상기시킵니다

사랑하며 살아가기

신이 내린 선물

친구란

신이 내린 선물

피 한 방울도 섞이지 않았지만 가족이나 다름없는 정다운 사람

두 개의 몸에 깃든 하나의 영혼

좋든 나쁘든 늘 함께 있어 의지할 수 있는 따뜻한 사람

같이 여행 가고 추억을 공유한 동반자

문제가 생겼을 때 상담하고 슬플 때 기대어 울 수 있는 어깨를 가진 사람

친구란

갖고 있는 작은 물건이라도 즐겁게 나누어 쓸 수 있고

서로 재거나 비판하지 않고 이기적이지 않은 사이

그저 함께 있어도 기분이 좋아지는 사이

나의 무거운 짐을 조금이라도 가볍게 해 주는 사람이다

완벽하지 않아도

진정한 친구는

별처럼, 어둠 속에서 더 밝게 빛납니다

유언

사랑하는 아들, 딸아
너희들의 아비로 만난 것이 행운이다
즐거운 여행길 마치고 떠날 수 있어 감사하다

좀 더 잘해 주었으면 하는 마음이 간절하지만
장례 절차는 간단하고 소박하게 치루며
장송곡 대신에 찬양으로 이별을 이겨내라

나는 좋은 부모 만나 지구별에서 잘 지내다
나보다 더 잘 아시는 주님이 부르는 그날
홀가분하고 재회의 기쁨으로 다가가리라

이생의 이별이 마음 아프고 애처로울 수 있지만
제사는 생략하고, 누구나 가야 하는 숙명의 길
본향으로 가는 행진곡이 되었으면 한다

화려하지 않은 평범한 삶이었지만
가족끼리 서로 돕고 감싸 주며
인생의 험난한 파도를 이기고 나가라

사랑하며 살아가기

설레고 기쁜 마음
귀하고 아름다운 여정 지내느라 수고가 많았다
잘 살다 본향에서 다시 만날 기약 하자

인생은 귀하고 아름다운 것
우물쭈물하며 살기엔 너무 시간이 없다
주신 소명을 땅에 떨어뜨리지 말고 선물로 여겨라

잘 죽는 것이야말로 잘 사는 것의 완성
필연적으로 찾아오는 죽음을 맞서기보다는
자연스러운 삶의 마무리 축제의 과정이 아닌가

이 세상 마지막 날
주님께서 손짓하며 반갑게 맞이할 것이다
너희들도 잘 지내다 돌아가길 바란다

각오

나는 소박한 내 인생과 꿈을 사랑하리라

남들의 관점이 아닌 내 스스로 바라보는 내 모습을 사랑하리

나는 이런 나를 사랑할 수밖에 없다

사람은 자신을 사랑하지 않고서는 생존하기 어려운 생물

결단해야 할 일은 각오하고 결심한 것은 실행하라

실패했다고 낙심치 말고 성공했다고 해서 기뻐 날뛰지 말자

필요한 것은 용기가 아닌 각오

나마저 나를 미워하면 그땐 정말 모든 게 끝난다

세상에서 가장 중시해야 할 사람은 바로 나 자신

진짜 부자는 자기 속에 재산이 많다

사랑하며 살아가기

기쁨

사랑이 있는 곳에 기쁨도 간다
기쁨은 내면 축제
마음이 선택하는 것

느긋한 마음이 기쁨을 모셔 온다
마음은 선택의 결과
감사와 인내심의 결합이 아닌가?

마음이 맑으면 병도 달아난다
기쁨은 마음의 햇살
삶의 의미가 발견되는 것

두 발로 걷는 동네 구경의 기쁨이
휠체어 탄 유럽여행보다 더 낫고
느긋함의 꽃이 만발하는 것

기쁨은 불안의 반대말
고민 없는 사람 없지만
치유와 약을 효과를 높이는 것

무덤덤하고 꾸준한 것이 좋다
공기에 향취가 난다면 오랫동안 숨 쉴 수 없고
물이 맛있으면 평생 먹을 수 없다

기쁨은 내면의 조화
남을 미워할 때 피가 탁해지며
고마움은 살맛 나는 세상을 만든다

천국 문에서 이런 질문을 받는다면
당신은 기뻤고
다른 이를 기쁘게 하였는가?

기쁨은 마음의 향기
내면의 축제
인생의 목적이 아니라 놓인 길이다

사랑하며 살아가기

"믿음, 소망, 사랑. 그중의 제일은 사랑이라."

너의 눈빛은 작은 등불이 되어
어두운 길을 밝혀 주었고,
너의 미소는 바람결에 실려
메마른 마음에 꽃을 피웠네
사랑은 말이 아닌 행동으로
서로의 지친 틈새를 채워 주는
변치 않는 해와 달
천국을 살짝 엿보는
감탄의 승리

손가락

엄지는 감싸 주는 아버지
굵고 힘이 센 권력으로
상대방을 칭찬할 때 내세웁니다

검지는 지혜의 어머니
이지적이고 반듯한 마음으로
길을 묻는 자에게 방향을 가리킵니다

중지는 영혼의 장남
가장 길고 중앙에서
힘들고 외로울 때 용기를 세워 줍니다

약지는 믿음의 누나
창의력과 사랑으로
결혼반지의 약속을 지켜 줍니다

새끼손가락은 귀여운 막내
어머니 약탕을 젓고
믿음을 맹세하는 자존심입니다

사랑하며 살아가기

열 손가락 모두 배 속에서 감사를 세면서

만나기 위한 인고의 증표입니다

돌아보니

가만히 돌아보니
나는 무엇을 거두었고 무엇을 나누었나?
혼자라고 생각했는데
돌아보니 가족들의 고드름 기도가 있었네

세상만사 막혔다고 분통 터졌는데
노력 없이 얻은 것은 없고
감사하니 동행할 분이 응원하네

한 것이 없어 서운했는데
용서하니 손주 예쁜 모습이 아른거린다
별거 있나 돈, 명예 모두 고요해졌다

돌아보니
밖을 보는 사람은 꿈꾸고 안을 보는 자는 깨어난다
현재에 사는 지혜로 먼저 감사하자

사랑하며 살아가기

나답게 늙어가기

온몸이 쑤시고, 흰 밤 새웠다고 불평하지 말자
'다 그래' 위로의 갑옷을 입자
할 일이 찾는 자 없다고 우울의 포로가 되지 말자
일하면 쉬고 싶고, 쉬면 일하고 싶은 것이 인지상정
나이 듦은 슬픔과 쇠락이 아닌, 성숙과 지혜의 충만함

항상 자기답게 살며
모든 걸 벗어던졌을 때 그것만이 당신이 가진 전부
자기 방법을 찾거나 새로운 길을 찾아서
자신만의 길 위에서 자신의 색으로 물들라
늙음은 과오가 아닌 나이든 사람의 자연일 뿐이다

젊음은 자연의 선물이지만 늙음은 예술 작품
사건은 통제할 수 없지만 나 자신은 통제할 수 있다
슬퍼 마라, 후회 마라, 뭐든 할 수 있는 나이다
아직 젊다, 지금이 나답게 늙는 제철이다

숨결이 사랑 되어 머물 때

절망과 상한 마음 아시고
희망의 빛으로 능력의 문을 연
두루 사랑하는 하늘의 소명
선한 영혼 감싸고 손 내민 세종이여

시간과 공간을 뛰어넘어
믿음의 꿈으로 사랑의 증인 된
성경 보급하는 믿음의 생명
감자 풍요로 배 불린 의인 귀츨라프

크신 은혜
깊은 감사
땅끝까지 전하리
겸손한 마음으로 보답하리

* 귀츨라프 글로벌 한글백일장 대상작(2024.11.15)

사랑하며 살아가기

한글 세계화

귀츨라프의 눈에 비친 조선의 순수
타인이 천국 되어 꺼지지 않는 열정
별빛 쏟아지는 영롱한 한글의 위대성
성서 배급과 훈훈한 감자의 숨결이
강물처럼 흘러 영원히 새겨진다

세종대왕의 손끝에 피어난 스물여덟 글자
백성을 불쌍히 여겨 편안하게 하고자 창제한
스물여덟 글자는 민족의 혼을 깨우고
백성의 입술에 스며들고 바람에 실려 강산에
시간을 거슬러 찬란한 유산으로 흐른다

시간 내주기

너무 바빠서 아이들과 아내에게 시간을 내줄 수 없다면
돈 많이 벌기 위해 가족에게 시간을 내줄 수 없다면
그것은 진정 사랑하는 게 아닙니다
사랑은 자신의 시간을 내주는 것에서 출발입니다
발목을 묶고 함께 달리는 시간 경주입니다
시간의 발맞춤이 없다면 이내 넘어지겠지요

시간을 미루지 마세요
나이, 명예, 돈으로도 계산할 수 없는
사랑의 시간만이 생명 사이에 빛으로 따뜻하게 합니다
홀로 있어도 고독하거나 고립되지 않는 시간 사랑을 기다립니다
시간은 항상 흘러가며, 멈추지 않으며 모든 것을 완성시킨다
시간 낭비는 인생 최고의 실수입니다

사랑하며 살아가기

부부 사랑

사랑의 기쁨은 슬픔을 딛고 일어서는 힘
사랑은 영원에서 영원으로 이어가는 에너지
그대 나를 버리고 가는 야속함일지라도
어느덧 사라지고 사랑의 기쁨을 옷 입혀 간직하네

시냇물이 흘러 대양에 이르듯이
변함없는 내 사랑 바치며 영원토록 변치 않는 내 사랑을
꿈결에도 잊지 않네

가까우면서도 멀고
멀면서도 가까운 사이 부부
곁에 있어도 그리운 게 부부
한솥밥 먹고 같은 컵에 입을 대고 마셔도 괜찮은 부부
한 침상에 눕고, 몸과 마음을 섞어도 자연스러운 부부
둘이 하나이다가 반쪽이 되면 외로운 병에 걸리는 부부

인생 최고의 행복은,
한 몸 되어 사는 날 지나침도 모자람도 없는 사랑 나누다가,
당신 만나 참 행복했소, 손잡고 천국 여행 즐깁시다

사랑하는 석원에게

생일 축하해
행복한 미소 가득 품고 두근거린 마음
누구에게서라도 많이 사랑받았으면 좋겠다
세상에 더 많은 사랑을 주었으면 한다
소중한 사람으로 기억되었으면 좋겠다
다른 많은 사람을 기억했으면 좋겠다
너그럽고 평안한 삶이 되었으면 좋겠다
초조함과 지나친 경쟁에서 벗어나면 좋겠다
비우고 감탄하는 사람이 되었으면 좋겠다
배우고 기쁨의 원천이 되었으면 좋겠다
나눠줘도 다시 샘솟는 행복 그 자체
사랑받기에 충분한 귀염둥이
오늘도 충분히 사랑하며 건강하리라
태어나서 고마운 석원!

사랑받으며 튼튼히 성장하리라
너는 주님의 존귀한 선물이다
축복과 소명을 채우리라 할아버지 할머니가 언제나
기도로 응원한다

소중한 당신

충분히 사랑하고 행복하게 사십니까?
많이 사랑 받고, 많이 주었으면 좋겠네요
매일 행복하지 않아도 상관없지요

살아가면서 꼭 느끼길 바라는 사랑
살며 사랑하며 배우며 사랑하는 마음을 받아 주세요
젊은 날에는 사랑하기 위해 살고, 나이가 들면 살기 위해 사랑합니다

인생은 울음으로 시작해서 기쁨으로 끝나는 것
적힌 일과 중에 무엇부터 할지를 정하는 것이 아니라,
우선순위의 일부터 일정에 넣는 것이다

세상에 고독하지 않은 사람은 없지요
혼자 살아도 같이 살아도 서글프고 외롭기 마련
청년 때는 미지의 세계에 불안하고
노년에는 죽음의 그림자를 보면서 떱니다

당신은 소중한 사람입니다

못난 아들

비바람 불면 엄마 생각이 난다
참 못난 아들 위해
비 맞을세라 우산을 챙겨 주시던 엄마

이 나이 되도록 엄마의 사랑을
왜 이리 몰랐던가?

자식 위해 기도하시던 엄마
좋은 것 주려고 애쓰시던 엄마
희생하시던 엄마에게 자식 된 도리를 한 적이
손꼽힐 정도니
아, 정말 나는 무능한 자식, 어리석은 아들이었네
천국 가서 속죄할 날이 얼마 남지 않아선지

사랑하며 살아가기

기쁘게

그리운 날은 시를 쓰고
쓸쓸한 날은 음악을 듣는다

배고플 때는 어릴 적 생각하고
힘들 때는 어머니 생각한다

외로울 때는 고독 속에 피어나는 영광을
기쁠 때는 감사의 기도를 올린다

어쩔 수 없는 세월의 흐름이지만
누군가를 기쁘게 해 주고 싶다

노래하라, 슬픔이 메아리로 사라지듯이
사랑하라, 진리를 찾아 배우는 학생처럼
일하라, 돈이 아닌 소명의 휘파람처럼
살아라, 오늘이 마지막 날인 것처럼

삶이란 명사가 아닌 나에게 묻는 의문사이듯이
마주 보고 마냥 행복한 아이처럼

아무도 쳐다보지 않아도 상처받지 않은 것처럼

인생은 도착지가 아닌 지금 걷는 길 위이니까

사랑하며 살아가기

사랑 꽃

사랑은 나눔의 희생 아낌없이 주고
담담히 떠나버리는 거룩한 존재
갖는 것이 아니라 나눠 주는 엄마

사랑은 기적의 대명사
신의 얼굴을 뵙고 위로하는 관심
사는 동안, 사랑이 사랑을 낳고

헌신 없는 사랑은 값싼 사랑
고통 없는 사랑은 가짜 사랑
애씀 없는 희생은 가짜 사랑

사랑은 오래 참고 무례하지 않고
하얗게 피었다가 향기를 토해내며
질 때는 고요히 떨어지는 낙엽 되어

꽃을 만나 설레듯이 당신의 꽃 편지가 될 테요
꽃은 지면서도 울지 않고 이생에 감사한다지요
행복한 미소되어, 새 날 이루소서

기억

말로만 사랑하는 것은 입술만의 유혹
사랑은 마음속 깊은 곳의 감동
희망의 빛으로 이해하려는 모험
서로를 빛나게 하고 꿈을 지지하는 것이다

사랑은 물질이 아닌 더 주고 싶은 마음
한 개를 주고 두 개를 바라는 건 사랑이 아니며
두 사람이 함께 성장하는 것이다

사랑이란 그리 대단한 것이 아니며
그냥 그 사람이 이유 없이 좋고 궁금하고
보고 싶고 그리운 숨 쉬는 것이다

내가 먼저 사랑하고 받을 생각 하지 않으며
멀리 있는 사람을 사랑하기보단 같이 하는 사람을 사랑하며
운명이 아닌 99%의 노력과 1%의 인연이지요

책임을 다른 이에게 회피하거나 전전긍긍하지 않고
서로의 눈 속에 비친 상처를 치유하세요

사랑하며 살아가기

산다는 것

산다는 것은 저마다의 길 위에 서는 것
때로는 햇살이, 폭풍이 불어쳐도
작은 발걸음으로 나아가는 것

꿈을 좇아 달리는 날도 있고
지친 어깨에 멈춰 서는 날도 있지요
끝없이 이어지는 길 위에서
질문을 던지며 내가 왜 여기 있는지
무엇을 위해 나아가는지
그 해답을 찾아 헤매는 여정

기쁨도 슬픔도 산다는 것은 결국 사랑하는 것
삶은 무지와 가능성이 섞여 알 수 없지만
산다는 자체가 위대함
다른 이의 옷을 입고 편하길 바라지 말고
흉내 내지 말고 진실을 모아 사랑으로 거듭나라

목숨을 건 행복이 아닌 자연스럽고
매일 아침 눈을 떴을 때 행복하다는 탄성이 나오길 바란다

그대 생각

그대 생각에 벌써 내 마음은
두근두근

온 세상을
핑크빛 마음으로
물들여 놓았지요

너 있는 곳은 몰라도
그대 향한 마음은
항상 그대 곁에

너 있는 곳을 찾지 않아도
서러워할 이유가 없지
이미 내 마음속에 간직되어 있으니까

만나지 못해 섭섭해하지 않기
생각을 들키고 싶지 않은 수줍은 마음을 알까

사랑하며 살아가기

인생의 스승

사랑은 합병
하나를 위해 저마다 자신을 내어 준다

사랑은 희생
상대를 위해 더 아끼고 헌신한다

사랑은 고통
감미로운 감정 뒤에 찢기는 아픔을 참아내는 것

사랑은 스승
기꺼이 원하는 대로 함께 있고 싶은 마음

사랑은 당신 광활한 우주에서 가장 중요한 존재
자신을 알고, 상대를 위한 기도는
당신을 존귀한 사람으로 거듭나게 합니다

인생의 의미는 결코 찾아지는 것이 아니라 만들어지는 것
사랑은 믿음의 시작이고 믿음은 모든 것을 완성시킵니다

내려놓고

작렬하는 8월의 땡볕 더위
거추장스러운 것들 홀홀 벗어버리고

자기 한계를 벗어버리고
거리낌 없이 맨살 맨몸을 드러내듯

인생의 기쁨은
불같은 사랑 찾아서 사랑할 거야

사랑은 덕을 쌓는 일
부끄러워 머뭇거림도 없이 뜨겁게 사랑하리

나그네의 옷을 벗긴 것은
북풍의 모진 바람이 아니라 태양의 온화한 설득

사랑은 같은 방향을 바라보면서
이쁜 사람, 미운 사람 이해하는 힘의 시작
사랑은 모든 것을 이기고 용기와 희생을 요구하네요

사랑하며 살아가기

아내

우주 가운데 빛나는 별
설레는 마음으로 만난 지 3개월 만에 고백하고
아들딸 낳은 40년 평생 동지

자랑도 고집도 접고
오직 한 사람의 인생을 믿고 따라 준
꽃 중의 꽃으로 당신

야망도 끈기도 없는 남자의 구원 투수
평생 뒤치다꺼리 헌신을 기쁨으로 승화시켰고
사랑과 인내심으로 버텨낸

청홍색 명주실 타래로 묶어
한 가정의 조화를 이뤄내라는 동심결처럼
끝까지 하나로 묶은 존재

가까우면서도 멀리 느끼고
멀리 있어도 하나인 당신
죽음이 가르지 않으면 헤어질 수 없는 당신

젊은 시절 사랑하기 위해 살고
나이 들면 살기 위해 산다
아내는 연인에서 출발하여
친구가 되다가 노년에는 간호사가 된다

서로 다른 육체에 사는 하나의 영혼
내가 꿈꾸는 곳에 당신이 있고
당신 가슴에게 내가 존재합니다

마지막 소원이 있다면
당신이 좋고 추억을 아름답게 기억하며
행복한 꽃으로 피어나세요

사랑하며 살아가기

가장 듣고 싶은 말

다 잘될 거야
넌 잘할 수 있어
응원할 때 힘내
모두 지금의 혼란을 치유하는 멋진 말이다

후회할 것 없는 사람
위기를 느끼지 않는 사람
낯선 것에 당황하지 않은 사람
슬픔에 조건을 달지 않는 사람은 없다

괜찮아
괜찮지 않아도 돼, 하는 말에 눈물이 흘렀다
먼 길 돌아와 거울 앞에선 어머니처럼 생긴
꽃을 소환하며 흐느낀다

나에게만 집중하자
온전한 사랑은 두려움을 몰아낸다

행복의 조건

겸손은
자신을 낮추는 게 아닌 남을 더 생각하는 것
사람을 머물게 하는 지혜

칭찬은
아는 것을 말하는 게 아닌 따뜻함을 선사하는
가깝게 하는 원동력

사랑은
받든 게 아니라 주는 것 선악을 초월하는
고통의 무게로부터 해방

감탄은
입만이 아닌 자신과 동일시하는
회복의 즐거움

우리는 위대하고 영향력 있는 극작가
희망으로 다가오는 행복의 배를 놓치지 말고

사랑하며 살아가기

관심이 잉태되어 희망의 행복이 되고
사랑의 따뜻함과 감사의 즐거움이 꽃피워
성공도 내 인생, 실패도 나의 인생이다

설악의 가을 향기

날이 저문 서편 하늘
외롭게 울다 홀연히 옷을 벗고 춤추는
속 깊은 설악

어느덧 피었다 지는 생명
뜨거운 가슴 내려놓은 추억으로
드높은 대청봉

자, 춤추러 떠나는 여정
이슬과 새벽을 깨우는 까치의 울음소리
기쁨의 공룡능선

기쁨은 고통 뒤에 오는 함성
고향으로 돌아가는 치열한 여행이다
사랑의 본향 그곳

사랑하며 살아가기

울음이 머물다 간 길

눈을 감으면
어린 시절 운동장의 포근한 흙 내음
몸이 꿈틀거린다

설움의 길 위에서
햇살을 등진 채 구부정한 해바라기
한숨 소리가 아른거린다

눈을 감으면
내를 건너 숲으로 달려가는 서러운 바람
세월의 합창 소리에 심장이 뛴다

마을이 타는 길
무심코 지나쳐 버린 발자국 움켜잡고
겨우 울음을 참지만

버텨낼 용기도 사라진 뒤안길의 무서움
희망의 종을 울려라

온기溫氣

몇 마디의 말
따뜻한 표정만 있어도
그대와 함께라면 천국입니다

미소 한 조각
함께 바라만 보아도
배시시 희망을 느낍니다

낯선 친구라도
술잔 나누는 두드림으로
보온병에 담긴 달콤한 힘

번개 치고 놀랄지라도
감싸 주고 베푸는 소소함이면
언 땅 녹이는 풋풋한 안부

빛나고 소중한 순간
가진 것에 즐거워하는 소박함이
왜 사는지의 당당한 대답입니다

　　　　　　　　　사랑하며 살아가기

보일 듯 보이지 않는 행복

보일 듯 보이지 않는 행복
잡힐 듯 잡히지 않는 희망

도달할 듯 다다를 수 없는 고독
놓을 듯 놓지 못하는 야망

이 모두 헛되고
헛된 욕망의 찌꺼기
낮고 천한 굴레에서 벗어나야지

고독이 피부로 스며드는 계절
신부님 스님인들 외롭지 않은 이 있을까?

물결이 잔잔히 밀려와 새로운 물길을 만들듯이
지혜의 숲에서 들려오는 명상의 힘을 의지하자

더도 말고 덜도 말고 지금만 같아라
숨 쉬고 마실 수 있는 것이 당연하지 않은 사람이 있듯이
더 이상 바라는 것은 사치가 아닌가?

무지개

비가 떠난 하늘에 빛의 손길이 스며들어

둥근 다리 하나를 놓는다

빨강의 열정

주황의 따스함

노랑의 기쁨

초록의 평화

파랑의 깊이

남색의 신비

보랏빛 꿈

일곱 가지 마음이 서로 기대어 완성된다

완벽하지 않아도 괜찮아, 서로 다름이 곧 아름다움

잠시 머물다 사라지는 인생 마음속 의미로 새기며

사랑하는 이여, 서러워 말아라

만나면 헤어지고 헤어지면 만날 날이 있으리니

슬픔의 눈물에 비추는 무지개처럼 환희의 기쁨을 찾으리

희망의 기억이 샘솟고

무지개 뜨는 날 삶의 멋진 증표가 되기를

사랑하며 살아가기

부모의 기도

주님, 가진 것은 없지만
당신께 모든 걸 의탁하는 기도
자녀에게 줄 최고의 선물입니다

주님, 가진 것은 없지만
자녀에게 줄 것이 있습니다
상냥한 말과 친절입니다

주님, 미소밖에 없지만
자녀에게 주고 싶은 것은
기쁨 속에 사는 모습입니다

주님, 가진 것은 없지만
자녀에게 줄 것이 있습니다
분수에 맞는 검소한 삶과 기도의 모습입니다

주님, 가진 것이 없어도
자녀에게 줄 것이 있습니다
기도는 영혼의 호흡 소망과 이상입니다

주님, 가진 것은 없지만
자녀에게 줄 것이 있습니다
서로 사랑하는 모습입니다

기도하는 한 부모는 기도하지 않는 한 민족보다도 강하고
아침 기도는 축복의 열쇠
저녁 기도는 안전의 자물쇠
기도하지 않으면 응답도 없습니다

칭찬과 격려를 아끼지 않은 기도
감사할 줄 아는 마음과 자부심이야말로
위대한 유산임을 명심하겠습니다
기도는 매일의 일과이며 사명입니다

사랑하며 살아가기

보석 같은 친구

원석을 다듬고 다듬어
일구어낸 땀의 결실인 보석
우린 보석 같은 친구

숱한 세상 사람 중
선택받은 인연인 우리
다이아몬드보다 고귀하고 값진 우정

우정은 두 번 다시 찾을 수 없는 보석
두 개의 몸이 하나의 영혼에 깃들어
시간과 거리에도 변하지 않고

사는 것은 선택으로
주고받는 교감이 우리 삶의
최고의 가치요 즐거움이 아닌가

머지않아 찾아올 죽음의 강에서
챙길 수 있는 만큼의 건강 챙기고
오고 감의 자연의 섭리에 맡기세요

힘든 일이 있으면 바람 곁에 흘려보내고
사는 게 답답하고 우울할 땐
파란 하늘 보고 웃으며 날려 보내요

고달프고 어려움 없이 사는 삶은
이 세상에 어디에도 없다오
세상사 마음먹기에 달렸다오

보석 같은 벗님이여!
한두 군데 아프지 않고 사는 건
그냥 그러려니 하고 웃으며 살아요

너도 나도 빈손으로 왔다가
빈손으로 가는 우리네 인생
그 무엇을 더 탐하리오

사랑하며 살아가기

사랑의 힘

하늘이 사랑에 빠졌기에 저렇게 청명하다
태양이 사랑에 빠지지 않았다면 그 어떤 빛도 내지 않았으리
강물이 사랑에 빠졌기에 그렇게 맑고 투명하다
바람이 사랑에 빠지지 않았다면 그 무슨 소리를 내리요
사랑이 없다면 아무것도 자라지 않을 것이다

한 사람을 사랑할 수 있다면 모두를 사랑할 수 있다
작은 일에 성실하게 대하면 큰일도 이룰 수 있다
평범한 것에 감사하고 은혜가 폭포로 흘러가게 하라

자신을 인정할 수 있다면 그 무엇을 부러워할 필요가 없다
지식을 지혜로 바꾸면 잊혔던 꿈과 소명이 살아온다
넘어져도 일어나고 나를 일으킬 힘이 소생시키자

걱정을 평안으로 바꿀 수 있다면 파도의 즐거움을 느낀다
생각을 성찰로 일으키고 자유의 품 안으로 안긴다
길을 잃으면 위로 올라가고 길이 없으면 새로 만들자

3부 감사

"감사는 모든 미덕의 어버이."

가정을 이루고
누군가 만나 배려하고
무엇을 할 수 있고
어딘가 갈 수 있는
일상의 감사
하루의 시작으로 채우는
행복의 열쇠

무엇이 나를 만드는가?

반성보다 핑계
칭찬보다 험담이 많다는 것은
감사보다 불평으로 질주하는 위험천만한 길

실행보다 미루고
용기보다 좌절로 헤매는 것은
미루는 일에 무감각해졌다는 방증

자기를 아는 것이 지혜롭고
떵떵거리며 사는 부자가 아니라
가진 것에 만족하는 나답게 사는 자신감

끊임없이 응원하며
서슴없이 사랑하며
거침없이 용서하며
미련 없이 떠나면서
세월의 이별이 소통으로 나아가리

사랑하며 살아가기

마음 곁으로

서로 다른 마음을 한마음으로 묶어
님을 향한 사랑의 마술사로 돌아온다

인연은 자연에 기대어 흩어진다지만
영혼은 바람 되어 꽃으로 피어난다

저 멀리 이상을 찾기 위한 몸부림
신뢰의 증거로 사랑 메신저가 아닌가

천년의 고독과 텅 빈 일상이라지만
당신이 쌓아 올린 거룩함이 빛 되어 다가온다

님 향한 마음이
당신을 소유하는 것이 아니라 감사하는 것이다

당신과 함께 있음이
그 어떤 것보다 강한 힘이며 천국을 엿보는 것이다

각자 다른 결

세월이 말을 걸어왔다
떠나보낼 이별과 상처투성이인 세월
어쩔 수 없어 모른 채 살아왔지만
당신의 미소가 눈가에 맺혀 당신의 향기에
마음이 녹아버린 당신은 참 좋은 사람이다

파도, 구름, 바람에도 결이 있고 사람에게도 결이 있다
결이 다르다고 비교하거나 속상하지 말라
결은 운명이자 각각의 바꾸기 어려운 소명이 아닌가
마음의 결, 생각의 결, 운명의 결이 다른 것이 조화다
때론 살다가 결이 바뀌기 마련, 자연스런 섭리 아닌가
안 바뀐다고 나 혼자만 무던히 애쓰지 말자
세상이 나에게 맞추길 기대 말고, 내가 상대방에게 맞추자
한 손이 나를 위함이라면 다른 한 손은 남을 위한 정이다
받는 것보다 줄 때 더 행복해지는 자
세상 탓하지 말고 변화의 주인공이 되는 자유인이 됩시다

사랑하며 살아가기

꿈의 양식

나이 들어 건강이 나빠지기보단 꿈을 잃을 때 건강을 잃는다
꿈은 생명의 원기이며 사는 에너지다
꿈이 있을 때 부지런하고, 할 일이 생기지만
꿈이 사라진 자리에는 병과 후회의 악이 대신한다

인간의 수명은 기한이 있는 나그네
잠시 쉬었다가 가는 곳에 애착과 물욕은 덧없는 짓
일정한 시간을 살다가 죽어서 다른 곳으로 떠나가야 한다

부족한 인간은 머무는 동안 병도 들고 고민도 하고 운다
고독하고, 때론 아웅거리며 애쓰고, 미워하기도 하지만
그 허영
그 욕망
시궁창에서 건져내야 비로소 순결한 꿈이 이뤄지지 않을까?
꿈속에 희망
현실로 만드는 용기
먼저 꿈을 꾸지 않으면 아무 일도 일어나지 않는다

가장 현명한 사람

가장 훌륭한 어머니는 자식 앞에
눈물을 보이지 않은 어머니
가장 훌륭한 아버지는 남 몰래
눈물을 흘릴 줄 아는 아버지

훌륭한 남편은 부인의 눈물을 닦아 주는 남편
현명한 사람은 늘 배우기에 힘쓰며 즐겁게 일하는 동료
넉넉한 사람은 자기한테 주어진 몫에 불평불만하지 않고
강한 사람은 타오르는 욕망을 스스로 자제할 수 있는 사람
존경받은 부자는 적재적소에 돈을 쓸 줄 아는 사람
건강한 사람은 늘 웃는 사람
좋은 스승은 제자에게 아낌없이 지혜를 나눠주는 사람
복 받는 사람은 자신을 알고 겸손하게 처신하는 사람
가장 훌륭한 삶을 산 사람은 살아있을 때보다 죽었을 때
이름이 빛나는 사람이다

겸손한 사람

성공한 사람보다 소중한 사람이 되길 기도합니다
날마다 감사하며 최선을 다하는 아름다운 모습
하루 분량의 즐거움을 모아서 영원한 그곳에 머물게 하소서

누구에게나 겸손하고 배려하는 사람이길 간구합니다
자신의 얼굴을 드러내지 않는 겸손으로 정오의 빛같이
재능이 아닌 긍휼의 마음이 피어나는 도구가 되게 하소서

약한 자에게 힘주고 강한 자는 바른 길로 인도하소서
머리를 낮추는 겸손으로 내 얼굴이 드러나지 않으며
사랑으로 인내하고 기다림의 기쁨을 기억하게 하소서

마음이 가난하고 복과 소명으로 사는 사람이길 기도합니다
너그러움과 부드러움으로 소명을 감당하여 잘했다 칭찬받고
폭풍 불고 고난이 닥쳐도 쓰러지지 않는 용기를 주소서

웃을 수 있는 이유

삶이란 설렘을 안고 떠나는 여행
이별과 고통의 비바람에 부딪혀도 나가야만 하는 운명
행복을 향한 묵직한 걸음으로 웃어야 한다

힘든 날이 올지라도 모든 것을 품고 떠나는 여정
고난 가운데 뜻이 있고 사주팔자 가운데 햇살의 잔치
이겨낼 힘을 비축하고 다 써버리는 운명의 장난이다

뜻대로 되지 않는 미지의 세계
실낱같은 희망을 채굴하며 슬프거나 노엽더라도
꿈을 넘어 소망의 계단으로 오르는 용기의 휘파람

웃을 수 있는 것을 찾지 말라
웃다 보면 웃는 이유를 알지니
돌아갈 집을 생각만 해도 웃음을 만들어낸 마법의 세계

사랑하며 살아가기

오늘도 감사

기름값 오른다고 불평하지 마세요
자동차가 있기 때문입니다

학원비 오른다고 걱정하지 마세요
빛나는 자식이 쳐다봅니다
출근길 복잡하다고 짜증 내지 마세요
수많은 이력서가 돌아다닙니다

좁은 침대라고 걱정하지 마세요
달콤한 잠은 침대의 크기가 아니잖아요
두 눈이 있어 아름다운 빛을 보고
두 귀가 있어 감미로운 음악을 듣고
두 손이 있어 만지고 두 발로 어디든지 다니며
천국의 소망을 품은 영혼 있음에 감사합니다.

사랑 외에는 빚을 지지 말고 감사 외에는 말을 하지 말고
신뢰 외에는 판단하지 말자
오늘 이 하루가 위대한 인생이 아닌가

생각하기 나름

지난여름 잔혹한 무더위에
넋 잃고 희망마저 포기한 채
절망과 고단함으로 떨었다

세월은 우리 편
우아한 선선함의 기쁨이 다가와
위로와 환희를 선사하며 잘 살았다
절망감에서도 우아한 눈짓으로 눈물을 삼킨다

돈에 맞춰 일하면 직업 돈을 넘어 일하면 소명
직업으로 일을 하면 월급 소명으로 일하면 선물이다

예쁜 모습은 눈에 남고
선한 말이 알알이 귀에 밝히고
따뜻한 베풂의 가슴속에 깊이깊이 남습니다

인연은 예상을 하지 못한 곳에서 시작하여
예상하지 못한 곳에서 끝난다

사랑하며 살아가기

아침을 여는 기도

오늘 하루
제가 만나는 모든 이들을
미소로 바라볼 수 있게 하소서
제 입술을 지켜 주소서
언어에 향기, 겸손이 있게 하시며
남과 다투거나 이기려고 하지 않게 하소서
소중한 마음을 지니게 하소서

마음 깊은 곳에
사람을 향한 이해와 따뜻한 동정의 마음을 주셔서
미워하거나 노여워하지 않게 하소서
마음이 상한 자를 위로하게 하소서
도움이 필요한 이를 외면하지 않고
외로운 이의 친구가 되고 소망을 잃은 이에게
소망을 갖게 하소서

초록의 계절

햇살이 빚어낸 초록빛,
나뭇잎 사이로 춤추는 생명
바람의 속삭임에 발 맞춰 숲은 노래하고
들판은 웃음을 활짝 드러낸다
촉촉한 땅 위로
새싹은 용기를 내고, 나무의 색을 더한다
풀잎처럼 가벼워지고, 숨결은 바람처럼 자유롭다
희망도, 사랑도, 눈부신 초록의 바다에 잠기어
살아있음을 배운다
늘 푸른
이파리들의 푸른 꿈을 간직하여 날마다
새로운 힘으로 살아가고 매 순간 감사가 넘치는
삶이 되게 하소서

푸른 향기에 작은 내 가슴을 받아 줘서
맘껏 기쁨을 누리며 푸른 향기를 뿜는 초록의 계절에서

이해

빛이 닿지 않는 어둠 속에도 쉼 없이 흐르는 강
스스로의 길을 찾아가는 물줄기처럼
너와 내가 아는 것이 하나가 되는 순간

이해의 강물은 고요하고 다투지 않고
모난 돌을 품고도 끝내 바다로 흘러가는 인내

네 슬픔의 깊이를 헤아릴 수 없어도
말보다 더 많은 것들이 흐르고 있다
이해는 완성이 아닌 서로 배우고 인내하는 여정

나는 오늘도 너의 강가에 머물러
바람이 전하는 이야기를 듣는다

우리의 삶은 나를 알고 너를 이해하는 선함
이해는 보이지 않지만 느낄 수 있는 있는 용기다

고독

고독이 온다는 것은 나의 자리를 잃어버렸다는 것을
고독하다는 것은 아직도 희망이 남아있다는 증표다
고독을 위해 나의 빈자리를 내어 주겠소
먼 옛날 그리움에 사무친 사그라진 맥박소리
아직도 무언가를 찾는다는 것이 언제까지 지속될지
좋고 나쁜 것이 따로 있지 않고 생각이 그렇게 만든다

마음먹은 만큼 행복하다
물고기가 낚싯바늘에 매달리는 것은
공짜 심리에 익숙한 까닭이다
행복하고 즐겁게 사는 시간도 짧다
비평 불만, 책망은 걷어치워라
시작이 있으면 끝이 있는 것처럼
우거지상의 박사학위 소지자보다 웃는 얼굴이 더 낫다
원한은 절대 품지 말고 자선만을 베풀라

사랑하며 살아가기

돌아오지 않는 길

가도 가도 끝이 없어 보인 길이
어느새 다가와 보이기 시작한다
가기는 하지만 점점 터벅터벅 길을 쓸면서
너무 막막하다

한번 놓치면 돌아오지 않는 길
연연하지 말고 흐르는 길에 순응하면서
옳은 길인지 잘못된 길인지 알 수 없는 길
허무와 슬픔이 해결하지 못한 채

구름이 서로 모여 이야기를 나눈다
아우성거리다 서로 시샘하다 보니
견디기 어려워 빗물로 바뀐다
밤새워 울어 본 사람만이 슬픔을 안다
어떤 슬픔도 이겨낼 수 있는 사람이 얼마나 될까?

다시 시작하기

흩어진 조각들,
마치 끝난 듯 보이는 시간 이야기
하지만 끝은
늘 다른 시작을 품고 있다

넘어진 자리에서
두 손 굳게 잡고 일어서기를 다짐하며
바람이 밀고 간 그 위에
새로운 길을 그린다

어제의 눈물은
오늘의 씨앗이 되어 내일의 빛이 되며
한 걸음씩, 천천히 가는 길에
무너진 자리를 메꾼다

철 지난 후회란
바람 빠진 풍선과 같아 쓸모가 없으며
낙담 대신에 용기, 포기가 아닌 도전
다시 꽃피우고 한 걸음씩 나아가리라

사랑하며 살아가기

할 뻔했는데

수많은 핑계와 남 탓이 난무하는 세상에
흔들리는 현실을 이기는 따끔한 충고가 필요하다면
그건 냉정함과 차가운 이성이 아닌
굽은 세상길을 펴서 보는 따뜻한 위로가 아닌가

일류대학에 갈 수 있었다는 수험생
홈런을 칠 뻔했던 타자
골을 넣을 뻔했던 스트라이커
부자가 될 뻔한 투자자
사장이 될 뻔한 직장인

습관적인 변명과 아쉬움은 아무런 의미가 없는 일로
고독과 외로움을 구분하지 못하는 것이라
생각하면 바로 실행하는
다시 시작하는 반짝이는 용기가 아닐지
결과에 승복하고 인생을 프로답게 만들기를

흘러가니

구름 강물 바람이 흘러가니 아름답네
생각 마음 시간도 흘러가니 신비롭네

흐르지 않고 머문다면
몸도 정신도 세월도 썩을 수밖에 없지요

좋은 것 나쁜 것
일일이 따질 것 없이
멈추지 않고 흐르는 신비로움

언제
어디서
다시 만나
사랑을 고백할까요?

사랑하며 살아가기

더하며

감사가 많으면 삶이 행복해지고
나를 아껴 주는 가족이 있음에 감사하고
좋은 사람과 안부를 전하면 감사하고
사소함에도 즐기는 여유

희망은 영혼의 날개를 더하며
앞으로 나가게 하는 힘
인생은 자전거 타기와 같아
균형과 공감을 더하는 예술의 극치

늘 한결같은 마음
아픔조차 나눈 정성
평안한 숨만 쉴 수 있어도 감사
감사에 감사를 더하는 행복이
고맙습니다
사랑합니다

참 좋은 세상

길어진 인생 참 좋은 세상이라고
자신 있게 말할 수 있을까요
한번 왔다 가는 인생 아쉽다고 해야 하지만
웃고 즐겁게 가는 세월이라고 감사할 수 있는지요

여자는 민낯으로
남자를 만날 수 있어야 행복하고
남자는 지갑 없이도
여자를 만날 수 있어야 행복하다고

많은 시간을 함께 보냈다고 절친한 사이가 아니고
가끔 만났다가 헤어졌다고 다시 보고 싶은 것이 진짜 사랑이 아닌지요

말이 많다고 올바른 게 아니고 말이 없다고
무정한 것도 아니라면 단점보다 장점을 이야기해야지

사랑하며 살아가기

우아함

삶이란 설렘 안고 떠나는 여행
이별과 고통의 비바람을 만나고 지칠지라도
행복의 목적지를 향해 웃으면서 뚜벅뚜벅 걷는다

힘든 날이 와도 걱정이 필요치 않고
고난 가운데서도 뜻이 있고 운명을 잡히지 않는
지난날을 후회하지 않고 이겨냈다는 힘의 원천이다

꿈대로 되지 않다고 불평 대신에
실낱같은 희망을 채굴하면서 노여워하지 않는
꿈을 넘어 소망의 계단으로 오르는 용기가 멋있네

내면이 외면만큼 아름다울 때 우아하다
구석구석을 아우르는 인생 자체가 우아함의 세계이다

그대로

하늘처럼 높은 사람이 되지 못해도 감사합니다
맑은 하늘을 거닐다가 바람처럼 사라지는 운명도 감사합니다
구름이 빗물 되어 목마른 대지를 축복하게 되어 감사합니다
하늘은 바람을 탓하지 않고 바람은 구름을 탓하지 않네요

태어나 저 먼 우주의 별똥별이 되어 사라진다고 해도
저 거친 바다 위 백사장의 먼지가 된다고 해도 감사합니다
인생살이는 이기는 것이 아니라 지는 것이라오
정녕 자신을 이기는 것이 남을 이기는 것이다
우정을 이길 때 이별이 찾아오고
계절을 이길 때 병마가 찾아온다

할 일이 없다고 투덜대거나 너무 바빠도
하루살이 세상에서 벗어나 주어진 삶을 감사하고
내일의 기도를 하자
한숨과 두려움이 물러나고
손잡아 주는 분을 신뢰하며 이 멋진 세상을
휘파람 불며 산다면 인생은 한 폭의 수채화이다

사랑하며 살아가기

송덕시頌德詩 : 한없는 은혜!

인생은 만남의 여정
아름다운 인연은 좋은 인생을 만들고
좋은 인생은 빛나는 미래를 창조합니다

자랑스러운 구룡의 자손들
생명의 한 뿌리에서 나서 감격의 춤사위
나누고 덕을 베푸는 기쁨의 통로를 노래합니다

매화꽃 피고 섬진강 물 넘실거리며
노란 유자꽃, 황금빛 곶감이 반갑게 손짓하는
행복의 열쇠, 고향 품으로 달려갑니다

인고의 연습 없는 인생길
살아가는 것이 아니라 살아내야 한다지요
흙길도 함께 걸으며 꽃밭으로 변합니다

하늘만큼 땅만큼 큰 은혜

그리움은 바람에 싣고, 희망은 무지개에 태워

갈 길을 가르쳐 주신 그분께 감사드립니다

* 김상의 할아버지 功德 시비

사랑하며 살아가기

모든 것

햇빛 가득 내 마음에
적은 꽃이 피어났네
바람 속의 속삭임
미소가 아름다워

흘러가는 구름
내 마음도 함께 떠나 보네
소중한 이 순간 모두에게 감사의 마음

가끔 힘든 날에도
숨겨진 비밀의 기적을 깨우고
사랑으로 다시 태어나
사랑은 모든 것을 메우며
모든 것을 바라묘 용서하고
모든 것을 견딥니다

이 세상 모든 것 사랑하리
감사의 손길로 닫힌 마음을 열고
기쁨으로 새 출발하네

괜찮아

지친 마음을 들여다보는 밤이면
숨겨 둔 눈물도 문득 흐를 때가 있지

괜찮다고, 잘하고 있다고 스스로 다독이면서
그래, 그렇지, 숨소리 외쳐 본다
어느새 쌓여버린 외로움이
마음을 무겁게 누를 때가 있잖아

하지만, 고개 들어 하늘을 봐
밤하늘에 반짝이는 별들이
네게 말을 거는 것 같지 않아?
너 혼자 걷는 길이 아님을
멀리서도 누군가는 널 응원하고 있음을
천천히라도 좋아, 쉬어가도 괜찮아

기다림에 깊이 물들지 않고는 단풍나무가 되지 않듯이
별과 같은 사랑을 품은 당신

소중하고 귀한 당신의 마음을

사랑하며 살아가기

알아봐 줄 사람이 분명 곁에 있어
오늘도 네 마음에 조그만 위로를 채워 주지
잠시 기대어 쉬었다 가도 돼
세상이 아름다운 건 사랑이 있기 때문이야
괜찮아, 정말 괜찮아

나라 사랑

바람이 스치는 산과 들,
바다 건너 불어오는 파도 소리
저마다의 이야기를 품고 있는 이 땅
우리의 숨결이 닿은 곳이기에
더 애틋하고, 더 소중한 이름
수많은 계절을 지나온 역사
함께 걸어온 길에 새겨진 발자국들
때로는 힘들고 때로는 눈물겨워도
그 길 위에 우린 하나가 되었네

오늘도 함께하는 하루 속에서
소중히 지켜온 우리의 꿈과 마음
저 푸른 하늘 아래 가슴 속에 새겨진
조국에 대한 사랑은 작아지지 않아

이 땅의 흙 내음, 이 하늘의 빛깔
그 모든 것이 우리에게 남긴 유산
우리가 이어갈 이 나라의 내일을 위해
오늘도 작은 마음 하나 보태며

　　　　　　　　　　　　· 사랑하며 살아가기

더 깊이 사랑하리라, 더 굳세게 지켜가리라
언제나 곁에 있으니 당연하다 여기지 않고
더 아끼고 더 소중히
어서 와라 기쁜 날이여

우리의 땅, 우리의 하늘을
늘 가슴에 품고서
내가 살고 내가 사랑하는 오직 하나뿐인 나라

붉은 해야 솟아라!
저 푸른 동해에서부터 백두대간까지
하늘과 땅을 진동시켜 목놓아 울리라

어머니 닮아가기

고운 손끝에 스며든 세월의 흔적
말없이 지켜보며 건네던 따스한 미소
아무리 자라나도 다 담지 못할
그 사랑이 가득했던 당신의 품
밤하늘의 별처럼 조용히 빛나며
언제나 내 곁을 지켜 준 사람
가장 낮은 곳에서 나를 높이고
가장 먼 길을 나보다 앞서 걸어 준 사람

가끔은 지쳐 보이던 뒷모습에
숨겨진 고단함을 헤아리지 못한 채
나는 그저 받기만 하며 자라났네

그 깊고 넓은 마음을 깨닫기까지
얼마나 많은 시간이 걸렸는지
어머니, 당신의 이름을 부를 때마다
내 마음에는 따뜻한 바람이 불어와
나를 감싸 안는 듯한 평안이 내려와요

사랑하며 살아가기

당신의 모든 사랑에 감사하며
이젠 그 사랑을 나도 닮아가고 싶어요

당신이 내게 준 모든 따스함처럼
나도 누군가의 쉼터가 되어
조용히 빛을 내며 살아가고
어머니, 당신을 닮아 살아냅니다

"참고 견디면 기쁨의 날이 오리니."

이성이 말했다 "그건 불가능해"

경험이 말했다 "그건 위험해"

비관이 외쳤다 "모든 게 무의미해"

위로는 속삭이며 "다시 해 봐"

생수 한 모금

내 가난함으로 인하여 어딘가에서 배부를 수 있다면
마음이 온유해지고 행복합니다
눈물 골짜기를 걸어 언젠가 광야 풀꽃이 자랄 수 있다면
찔리고 상한 마음조차 감사합니다

내 목마름으로 인하여 어딘가에서 생수 한 모금을 마실 수 있다면
심령이 가난해지고 기뻐합니다
영혼이 긍휼하고 낮아져 누군가 평화의 휘파람을 부를 수 있다면 흔들
리지 않는 지혜로 평안합니다

따뜻한 말 한마디가 누군가에게 용기를 키워 줍니다
변치 않는 감사의 기도는 거룩한 하루입니다
자발적인 고독은 수줍은 용기입니다

살포시 모든 것 내려놓고
함께 가자, 슬픔, 눈물도 마른 포근한 곳
기대하라, 태어나서 돌아갈 본향을 찾아서

사랑하며 살아가기

사는 용기

유난히 더운 여름, 권태와 무기력해진 나의 모습을 바라보며
다독이다
시간이 지나면 괜찮아지겠지
살다 보면 상처가 무뎌지겠지
우린 다 안다
지나가면 또 다른 문제가
어차피 시간 앞에서 쩔쩔매는 모습
나아지는 게 아니라 모든 것을 받아들였다는 경험

성가신 시간의 지체가 아닌
하루하루 성장해가는 잡초와 같은 인생을
고난이 여름 한철 땡볕 정도로 여기며
불만은 가슴을 후벼 파는 파도라고 견뎌내자
깃털처럼 가벼운 일에서도 상처가 나서 피가 뚝뚝 흐르는
어처구니없는 일이라 픽 웃는다
산다는 것이 용기의 파노라마
삶이 용기의 다른 말이라는 것을 떠올린다
진심 다해 용기를 안아 주자

그럼에도

계절이 바뀌면 바뀌는 대로
지갑이 가벼워지면 마음도 가볍게
불편하면 불편한 대로
부족하면 부족한 대로
포기할 수 없는 길이 아니며
실낱같은 희망을 찾아보는
어른이 되어가는 것이 어찌 쉬운 일인가

꽃밭에 수만 가지 꽃이 피어 있어도, 내 손에 쥐어 있지 않으면
장대하게 쏟아지는 폭포라고 마실 물 한 모금이 없다면
길거리 지나가는 수많은 군중 속에서도 아는 사람이 없다면
그 많은 것이 무슨 소용이 있을까요?

내가 만난 사람
사랑을 나눈 사람
우정을 주고 시간을 내준 사람이
온 우주를 주어도 견줄 수 없는 고귀한 사랑이 아닙니까?

사랑하며 살아가기

하늘

문뜩 올려보는 높고 맑은 창공
삐쭉 내민 희망으로 채색되어
달려오는 하늘 냄새
훌쩍 자란 해바라기 키 자랑
아내에게 먼저 연락하여
보내 주고 싶은 생각 가득

넉넉한 시간의 향연
뭉게구름 자태의 황홀경에서
포근한 친구의 사랑의 메아리
눈에 보이지 않는 사랑의 메아리
자꾸 끌려가는 세월이 무심하지만
살아온 삶의 폭을 나누는 위로

같이 있으면 마음이 편해지고
함께 있지 못해도 끌리는 가슴
오늘도 바라보며 흘러가는 세월
보배 친구, 혼자라도 괜찮아
언제든지 와서 쉬고 가시게

준비

죽음은 조용히 다가와
삶의 끝자락에 깊은 쉼표를 그린다
어디로 가는지 묻지 않고, 따지지도 않은 채
그저 모든 것을 품고 간다
흐릿한 달빛 아래,
꺼져가는 숨결 속에서도
생명은 또 다른 시작을 준비한다
두려움과 슬픔의 무게를 안고
우리는 떠나보낸다
하지만 죽음은 이별이 아닌 새로운 장이다
찬란했던 삶을 더 선명히 보는 장면이다

왜 보험에 드는가?
있을지 모를 위험을 대비하기 때문이다
100프로 확실한 죽음에 대하여 어떤 대비를 하는가?
자신만은 소나기 속에도 비 맞지 않겠다는 무모한 자신감
죽음은 머나먼 일이 아닌 지금의 할 일

죽음은 끝이 아닌 삶과 이어진 형제자매다

사랑하며 살아가기

죽음은 실패가 아닌 지극히 정상적인 일이다
죽음은 삶과 함께 사라지는 것이 아니다
먼 여행을 떠날 때 지녀야 하는 준비물이다

죽음은 자연의 법칙을 어찌 무시하리요
사랑하는 이에게 허락한 하늘의 안식
죽음은 슬픔이 아닌 평온한 마음인 것을
천국을 향해 나가는 뱃고동 소리
괜찮은 죽음만이 천국의 열쇠로 피어나다

착각하지 않기

땅거미 지는 저녁, 밥 먹으러 오너라는 어머니의 목소리
땅 따놓은 것, 팽개치고 '예.' 하고 달려간다
어느 날 손짓하며 반가운 어머니 목소리가 다시 들렸다
예, 갑니다, 허공의 메아리만 돌아오네
잊지 말아야 했는데, 어머니 사랑을

최선을 다하되 더는 바라지 말자
사람의 마음이란 게 내 맘 같지 않다
인간은 모든 것을 자기 관점에서 해석하고 받아들이고 행동한다
듣고 싶은 만큼만 귀를 열고 말하고 싶은 만큼만 입을 열고
담고 싶은 만큼만 마음을 연다
가치 없는 사람에게 시간과 에너지를 낭비하지 말라

자기만 생각하는 이기적인 사람은 변하지 않는다
그게 그 사람의 천성이다
행복과 불행의 차이는 생각하기 나름
나는 행복의 행운이 다가온다고 결심했지

참된 친구

환경이 좋든 나쁘든 늘 함께 있어 준다
문제가 생겼을 때 함께 고민해 주고, 해결에 앞장선다
마음이 아프고 괴로울 때 덥석 손잡아 주고 위로해 준다
쓰러져 있을 때 곁에서 무릎 꿇어 일으켜 준다
함께 기쁨하고 슬플 때 기대어 울 수 있는 어깨를 제공한다
내가 실수해도 조금도 언짢은 표정을 짓지 않는다
작은 물건이라도 기꺼이 나누고 함께 쓰는 가슴의 소유자다

우리가 공기의 소중함을 모르듯이
부부간에도 같이 있을 때는 잘 모르다가
반쪽이 되면 그 소중하고 귀함을
절실히 느낀다고 합니다

참된 친구란 마음을 여는 것
우정은 세상을 하나로 묶어 줄 수 있는 시멘트
아무쪼록 늙으면서 상대방을 이해하고 존중하고
양보하며 화기애애한 여생을 갖도록 우리 모두 노력합시다

그냥 있을 뿐

난쟁이 꽃아, 키 작다고 불평하지 말라

바람 부는 속도에 따라 커 간다

할미꽃아 고개를 숙였다고 탓하지 말라

세월은 겸손을 가르친다

장미꽃 화려함에 다른 꽃일랑 비웃지 말라

호박꽃처럼 열매 맺어 아픔을 치유했느냐

동시에 꽃피고 지고 법이 없거늘

비교를 내던지고 그냥 그 모습이 자랑스럽다

어둠이 짙게 내려앉아도 작은 빛 하나가 길을 밝힌다

희망은 그렇게, 작지만 결코 사라지지 않는 불씨

넘어졌던 자리에서 다시 일어나고

포기했던 꿈 위엔 다시 꽃이 핀다

시간은 치유와 성장의 선물, 비 내린 후 무지개를 꿈꾸고

거센 바람 뒤에 포근한 온기를 느낀다

긍정은 너의 오늘은 연습일 뿐, 내일은 더 빛날 거라고

희망은 약속하길 어둠이 걷히면 새로운 아침이 오고

오늘도 한 걸음 내딛자

초조함을 모르는 거북이처럼

사랑하며 살아가기

행운의 코드, 세렌디피티serendipity

우리는 호기심 천국에서 산다
우연히 마주친 길모퉁이에서
삶은 뜻밖의 선물을 받고 경탄한다

즉흥적으로 행동한 미래의 어느 날
사라져 버린 추억의 바람 곁에 속삭이듯 다가와
새로운 길이 열리곤 한다

숨겨진 작은 정원의 세렌디피티는
예고 없이 찾아와
인연이 되고, 위대한 발견으로 이어진다

그러니 조급해하지 말자, 발길 닿는 곳마다
아름다움이 숨어있으니, 우리가 찾아낸 것이 아니라
우리에게 다가오는 그것, 그것이 바로 세렌디피티다

행운은 준비와 기회의 만남
주어진 기회에 늘 감사하며
기회는 준비된 자에게 온다

문득

인격은 얼굴에서 나타나며
본심은 말투에서 나타나며
행동은 매너로 나타난다
사랑은 눈빛에서 나타나며
자비는 손발에서 나타나며
이해는 공감으로 알 수 있다

성격은 행동에서 나타나며
감정은 분위기에서 나타나며
인생은 생각으로 결정된다

인생은 흘러가는 게 아니라 채워가는 것이다
어느 곳에 빗물이 내릴 줄 모르기 때문이다
지식이 많다고 해도 전지전능할 수 없고
부자라 할지라도 생명을 보장받지 못하고
꽃이 져야 열매가 있듯이 뿌린 대로 되돌아간다

울지 않으면 새가 아니고
불지 않으면 바람이 아니고

사랑하며 살아가기

늙지 않으면 사람이 아니고
꿈이 없다면 인생이 아니고
가지 않으면 세월이 아니다

행복한 순간

하고 있는 일로 인정받을 때
입학의 설렘과 졸업의 기쁨을 누릴 때
주변 사람을 행복하게 해 줄 때
이성의 인식 아타락시아에 도달할 때

취할 것 취하고 금할 것을 금할 때
소식 없었던 친구가 안부 전화할 때
목마른 사슴이 시냇물 찾고
고통의 강을 건너는 기도할 때
은혜와 감사가 넘칩니다

이 순간에 행복해라
바로 지금이 당신의 삶이고
순간순간 사랑하고 행복할 때
그 순간이 모여 당신의 인생이 됩니다

우리에게 주어진 것은 지금밖에 없다
당신의 삶을 최대한 많은 기쁨과 열정의 순간과 경험으로 가득 채워라

사랑하며 살아가기

살다 보니 알겠더라

살다 보니,
꽃도 피고 지고 계절도 바뀌더라
웃음소리로 가득했던 날,
눈물로 적셨던 밤을 어찌 잊으리오

살다 보니,
꼭 잡았던 손이 슬며시 떠나기도 하고,
놓쳤던 기회가 뒤돌아 오기도 하더라
가파른 언덕에서 평탄한 길 위에서
걸음걸이가 달라지더라

살다 보니,
매듭이 풀리고 이어지는 실처럼
복잡하시도 단순한 그저 한 땀 한 땀
넘어지면 일어나고 상처 나면 꿰매어
내일로 만든다는 것

살다 보니
긴 터널도 만나고 안개 낀 산길에서 걷고

성난 파도도 잔잔한 호수도 만나지더라
그저 그러려니 살아가는 것

살다 보니
꼭 알아야 하는 것, 잊어야 하는 것
수북이 쌓여도 일일이 상처 받지 말고
빈손으로 살아내는 것

살다 보면
계절, 명예, 힘겨운 삶마저도
흘러 사라지는 안개 같은 인생으로
이 또한 지나가기에

사랑하며 살아가기

그리움

그리워할수록 그리워지는 게 그리움
이해가 되지 않는 아름다운 게 고통
그리움이 고통으로 다가올 때
어려서는 어른이 그립고
나이가 드니 젊은 날이 그리워지고
여름이면 흰 눈이 그립고
겨울이면 푸른 바다가 그립다

아아, 정말 알 수 없는 인생
그리워하면서도 헤어지는
오늘도 돌아가신 부모님을 그리워하며
살아계실 때 자주 찾아뵙고 따뜻한 대화하지 못한 불효
당신이 그리운 것은 사라졌기 때문이 아니라
여전히 내 안에 깊이 살아 있다

멀어진 시간의 끝에서 당신의 흔적을 찾고
진정 그리워할 수 있는 것을 그리워하자

난 알았네

값비싼 화분은 사람이 키우고
향기로운 들판의 꽃들은 하나님이 키우시는 것을

잘난 자식은 제멋에 살지만
살아가기 어려운 사람은 은혜만을 구하는 것을

나는 알았네
원망과 탄식은 인간의 불평이지만
감사와 기쁨은 주님의 은총이라는 것을

모든 것은 변한다, 아무것도 그대로 남지 않고
지식 있는 자는 다른 사람을 알고
지혜로운 사람은 자기 자신을 깨달음

부르심을 받은 자의 축복
성도의 특권과 말할 수 없는 탄식으로
우리를 위해 간구하시는 주님을 바라봅니다

처세술

화났을 때 대답하지 마라
기쁠 때 약속하지 마라
슬플 때 결심하지 마라
섭섭해도 남을 탓하지 마라
시련이 닥칠 때 회피하지 마라
칭찬받을 때 교만하지 마라
실패는 성공의 반대말이 아닌 하지 않는 것
행복은 늘 작고 단순한 것 속에 있다

운명은 선택할 수 없으나 관계는 노력에 달려 있고
허락하신 일을 아름답게 마치길 기도합니다
땅의 숨소리가 점점 약해지고
미지의 그곳이 어떠할지라도
소망과 희망으로 담대히 나아가리라

방황 속에서 나그네 인생
갈 길을 가르쳐 주신 그분을 찬양합니다
고요 속에서 소명의 발자취와 순수한 선율을
당신께 영광, 당신 곁으로 가는 용기를 허락하소서

행복의 근원

원하는 대로 이루어진다고 행복해질까요
아파트 평수만큼 행복이 커질까요
통장에 찍힌 숫자대로 행복이 늘어날까요

어둠을 몰아내려고 애쓴다고 없어집니까?
작은 촛불 하나만 켜 두어도 어둠이 물러갑니다
노력하는 대로 이루어진다면 인간은 애쓰다 사라지겠지요

불행하지 않으면 행복한 것입니다
두 발로 걸을 수만 있고 하늘을 볼 수만 있어도 행복입니다
아파도 견딜 만하면 건강한 것을 뭐 그리 행복을 거창한 곳에서 찾는지요

지나가 보면 다 알 것을
인생에 사랑을 더하고, 사랑에 몸을 담그면
행복은 바로 지금 여기에 있습니다

사랑하며 살아가기

성공원리

성공과 실패의 차이는 1%뿐
성공은 복잡하거나 거창한 원리가 아닌 꾸준한 실천이다

성공자는 시간을 낭비하지 않지만, 실패자는 물 쓰듯이 허비한다
실패의 달인은 없지만, 성공의 절심함은 존재한다

성공은 어떻게 당신의 영혼을 노래하는지에 따른다
성공의 못을 박으려면 끈질김의 망치가 필요하다

성공자는 시간을 낭비하지 않지만, 실패자는 시간을 물 쓰듯이 허비한다
성공자는 열심히 노력하지만, 실패자는 게으르고 남 탓한다

성공자는 정직하게 살지만, 실패자는 복잡하면서 책임지지 않는다
성공자는 원인을 바깥에서 찾지 않고 내 안의 절실함과 용기의 소산이라
여긴다

두물머리

오늘도
고요히 하나가 되는
강물을 보았네

꿈속에도
빠르지도 느리지도 않는
겸손을 들었네

사는 동안
미움도 사랑도 붙잡지 않고
하나 되는 거인의 숨결

먼 훗날
꿈과 이생이 도란도란
용솟음치는 포옹 사랑하네

질고의 한복판
가로 질러 따뜻한 체온으로
살아내는 보배의 산 증인

사랑하며 살아가기

독서의 힘

검색을 지식으로 착각하는 게으른 시대
책은 남이 가지 않는 길을 제시하며
성찰하고 미래의 자신을 만들어가는 과정이다

좋은 책을 읽는 것은 과거의 위대한 인물과 하는 대화
책은 배움의 지름길로 성장의 자양분을 담고
지혜와 향기를 음미하는 인생의 스승이다

책은
청년에게는 양식이 되며
노인에게는 오락이 된다
빈자에게는 용기가 되며
부자에게는 지혜가 된다
기쁠 때에는 배움이 되며
고통스러울 때 위안이 된다

약으로 병을 고치듯이 독서로 마음을 다스린다
가장 좋은 책은 당신을 가장 많이 생각하도록 하는 책이다

나눔

따뜻한 손길이 닿을 때,
그곳엔 작은 빛이 피어나네
어둡고 구석진 마음에 다다를 때
그 빛은 새벽처럼 밝아오네

작은 손길이 닿는 곳에
세상의 온기가 스며들지요
한 톨의 씨앗이 흙에 내려앉아
숲의 나눔이 조용히 시작합니다

나눔은 조용히 실천
한 모금의 물, 한 조각의 빵,
한마디 따스한 말이 밤을 밝히는 등불이 되어
어두웠던 마음의 창을 열고 햇살이 스며듭니다

우리의 나눔은 서로를 잇는 다리요
희망으로 가는 길입니다
세상에 웃음을 선물하니, 서로를 비춥니다
네 아픔과 내 온기를 잇는 일, 함께 걷는 발걸음

사랑하며 살아가기

나눔은 사랑의 언어
단순히 물질적인 것을 나누는 것이 아니라
사랑과 관심을 표현하는 방법이다

빈손이라 해도 괜찮아
따뜻한 마음 하나 건네면
그 작은 한 조각이 모여
세상을 품고, 또 밝히리라
나눔의 희망의 씨앗
나누는 순간 순간
깊고 아름다운 세상이 만들어지고
세상의 큰 변화를 불러온다

너를 사랑하기에

사랑, 나비의 날갯짓처럼 마음 깊은 곳 흔드는 아름다운 힘

네가 내 곁에 머물 때

세상은 멈춘 듯 고요해지고 시간조차 부드럽게 감싸안네요

너의 눈 속에 담긴 작은 우주

그 안에 내가 있고 너의 미소는 아침 햇살처럼 마음에 스며듭니다

아픔과 기쁨, 꿈과 현실이 얽힌 이 여정에서 너와 함께라면 두렵지 않습니다

서로를 지켜 주고, 응원하고, 아껴 주는 그 마음 영원히 빛날 것입니다

네가 머물다 간 자리엔 영원부터 지금까지 흩어지는 향기

자꾸만 떠오르곤 순간들

따스한 너의 눈빛, 말없이 건네던 미소들까지

떨리는 내 손끝에 담아내고 싶은 수채화처럼

멀리서 바라보고 더 깊어진 소중한 자리

내 안에 너의 자리 하나

그리움을 곱게 덧칠해 보며 너의 행복을 빈다

애틋한 이 마음으로, 너를 사랑하기에 숨죽이며 바라본다

　　　　　　　　　　　　　　사랑하며 살아가기

안식처

어디에 있어도
누구도 닿지 않는 나만의 자리
바람 소리도 가만히 멈추고
햇살마저 부드럽게 내려앉는 곳
떠돌다 지친 마음이
가볍게 내려앉는 그곳
고단한 숨결을 감싸안아 주는
조용한 안식처
세상 모든 소리가 사라져도
혼자가 아닌 듯한 평화
마음의 작은 불빛이 켜지는 곳에서
나는 잠시, 온전히 나로 있네

따스한 등 뒤에서 전해오는
말없이 건네던 손길의 온기
익숙한 말투와 한없이 넓은 가슴으로
언제나 품어 준 이름, 가족
서로 닮음을 넘나드는 따뜻함
늘 곁에 있어 행복하네

가족은 삶의 전부였네

함께 웃고 울며

빛과 어둠 속의 틈에서 바라보는 느낌

서로에게 기대며 조금씩 더 단단해지겠지

멀리 떠나 있어도

마음은 늘 그 자리

가장 든든한 사람들,

유일한 안식처

그 사랑에 기대어

나는 또 하루를 살아가네

사랑을 배우고 실천하면서

진정한 안식은 자연 속에서 숨 쉬는 것처럼

사랑하고 용서 안에서 온전한 신뢰가 아닌가

사랑하며 살아가기

코타키나발루 노을

눈부시게 쏟아내던 붉은 태양
날개를 달고 어둠 속으로 서서히 걸어가네
서로가 하나이고 하나의 여럿이든 꽃으로 피어납니다

펼쳐진 미소로 바다를 친구 삼은 노을
고요한 침묵과 영원하고 안락한 기억으로 건너가네
서로 손잡고 유난히 들뜬 빛깔이 춤추며 흩날립니다

미소와 찬란한 시간
물감처럼 물들어 마지막 인사의 눈물을 흘릴 때
와락 감사의 눈물이 안녕으로 영원히 기억나게 합니다

세상의 주인공

시간이 지나면 안다, 우리는 지구의 먼지일 뿐
굶어 보면 알게 된다, 밥 한 톨이 생명인 걸
더 많이 더 열심히 일해야 의미가 있다는 걸
죽음이 부를 때 안다, 맞고 틀린 것은 없고 다를 뿐
헤어져 보면 안다, 좋고 나쁜 것도 내 마음의 상처
고통이 아프다는 걸 안다, 지나고 나면 추억의 드라마

세상의 주인공은 나
태어날 때 나는 울고 부모님은 웃는다
죽을 때 나는 웃고 세상을 울게 하는 소명
늦기 전에 더 늦기 전에
용서하고, 사랑하자

더 넓은 아파트
반짝이는 보석
명성도 필요 없네요
당신만 옆에 있으면 충분하죠

찬란한 햇빛

사랑하며 살아가기

시원한 공기
땅을 딛고 일어서는 두 다리만으로도
감사하고 행복해요

꿈이 있는 한 부지런해지고
좋아하는 일을 할 때 지치지 않고
더 큰 행운이 찾아온다

중단 없는 배움
성공의 모든 원천은 당신의 생각
두려워할 것은 두려움 자체 외에는 아무것도 없다

한 가지 소원은
잠자듯이 죽는 행진곡으로
값없이 주어진 생의 선물에 감탄하며
좋은 날, 영원한 품으로

누군가의 눈물을 닦아 주면서

나눔의 온기
조용히 내민 손끝에서
따뜻한 온기가 전해질 때
우리 사이엔 보이지 않는 다리가 놓이고
작은 마음 하나가 세상을 밝히네

누군가의 눈물
다정한 웃음이 되어 주는 일
이 작은 나눔이 모여
세상은 한결 따스해지고
마음들은 천천히 이어지네

물질이 아니라도 괜찮아,
진심 어린 한마디가 마음을 녹이고
누군가의 하루를 밝혀 주니까
비워도 가벼워지지 않는 정성
오히려 가득 차는 이 기쁨
서로를 바라보며 나누는 이 순간
우리는 서로에게 위안이 되고

사랑하며 살아가기

또 하나의 빛이 되어 가네

오늘도 살며시 건네는 작은 마음

당신의 하루가 환하게 피어오를 수 있도록

아름다운 너

너도 귀한 사람

고개 숙인 너의 마음에

작은 등불 하나 켜 주고 싶어

너도 모르는 사이

얼마나 많은 빛을 내며

이 세상에 스며들어 있는지

소중한 순간을 채워가는 너

너의 한 걸음 한 걸음에

작은 꽃들이 피어나고

세상은 조금씩 아름다워지네

때로는 흔들리고, 넘어지더라도

쉽게 꺼지지 않는다는 걸 기억해

아픔마저 품어 안으며 더 단단해진 마음

누군가로 인해 하루가 조금 더 따스해진다면

너는 이미 세상에 단 하나뿐인 소중한 빛

그러니 잊지 마

너도 나도 이 세상에 꼭 필요한 귀한 사람

지금 그대로, 충분히 아름답다

사랑하며 살아가기

고마운 마음

한 줄기 햇살처럼 다가온

그대의 따뜻한 마음 덕분에

나의 하루가 밝아졌어요

그저 스치고 지나갈 수도 있었을 텐데

다정히 머물러 준 당신께 고마워요

작은 말 한마디, 눈빛 하나가

지친 나를 일으켜 주었지요

어느새 마음에 담긴 그 온기가

새삼 소중하게 느껴져 오늘도 감사의 마음을 보냅니다

때로는 표현하지 못한 채

고마움을 가슴에 묻어 두었지만

당신이 나에게 건넨 작은 순간들에

얼마나 큰 위로가 되었는지요

이제는 내가 당신 곁에 그 따스함을 돌려주고 싶어요

조용히 스며든 그대의 사랑을 닮아

나도 당신에게 고마움을 전합니다

당신이 있어 더 따뜻한 이 하루

함께 걸어 준 길에 감사하며

마음 깊이 고마운 마음을 새겨 두어요

은혜

오늘도 눈부신 햇살이 가득할 때
그 빛이 당연하고 때론 피하기도 했지
어느 날 문득 깨닫게 되었네
그 따스함은 누군가의 온기였고
그 안에 깊은 은혜가 있었다는 것을

사소한 순간마다 전해 준 사랑
당연한 것 하나도 없고 거저 받은 감사
아낌없이 건네준 공감의 마음 덕분으로
내가 여기 있네

받았던 그 많은 은혜
헤아릴수록 마음은 더 낮아져야지
어떤 감사의 표현도 온전치 않지만
오늘도 진심 하나로 가슴속에 묻어 두네

나도 나눠야지
작은 손길로 누군가의 하루가 밝혀진다면
가득 찬 은혜, 감탄의 마음으로 살아가세

사랑하며 살아가기

사랑하며 살아가기

ⓒ 김진혁, 2025

초판 1쇄 발행 2025년 2월 3일

지은이   김진혁
펴낸이   이기봉
편집   좋은땅 편집팀
펴낸곳   도서출판 좋은땅
주소   서울특별시 마포구 양화로12길 26 지월드빌딩 (서교동 395-7)
전화   02)374-8616~7
팩스   02)374-8614
이메일   gworldbook@naver.com
홈페이지   www.g-world.co.kr

ISBN   979-11-388-3972-3 (03810)